INVENTAIRE.

X 3,501

I0686662

X

X. 3824

DISCOURS

PRONONCEZ

A L'ACADÉMIE

FRANÇOISE

LE CINQUIÉME MAY 1691.
à la Reception de M^r. de FONTENELLE.

AVEC PLUSIEURS PIECES
de Poësie qui y ont esté lües le même jour.

A PARIS,

Chez

La Veuve de JEAN BAPTISTE COIGNARD, Imprimeur
& Libraire ordinaire du Roy,

ET

JEAN BAPTISTE COIGNARD Fils, Imprimeur
& Libraire ordinaire du Roy, & de l'Académie Françoise,
rue S. Jacques, à la Bible d'or.

MDCLXXXXI.
AVEC PRIVILEGE DE SA MAJESTE.

1

MONSIEUR DE FONTENELLE ayant efté élû par Meßieurs de l'Académie Françoife à la place de feu Monfieur de VILLAYER, Doyen du Confeil d'Eftat, y vint prendre feance le Samedy cinquiéme May 1691. & fit le remerciment qui fuit.

 ESSIEURS.

Si je ne fongeois aujourd'huy à me défendre des mouvemens flateurs de la vanité, quelle occafion n'auroit-elle pas de me féduire, & de me jetter dans la plus agreable erreur où je fois jamais tombé ! En entrant dans vôtre illuftre Compagnie, je croirois entrer en partage de toute fa gloire ; je me croirois

A ij

affocié à l'immortelle renommée qui vous attend ; & comme la vanité eft également hardie dans fes idées , & ingenieufe à les autorifer , je me croirois digne du choix que vous avez fait de moy , pour ne vous pas croire capables d'un mauvais choix.

Mais , MESSIEURS , j'ofe affurer que je me garantis d'une fi douce illufion ; je fçay trop ce qui m'a donné vos fuffrages. J'ay prouvé par ma conduite que je connoiffois tout ce que vaut l'honneur d'avoir place dans l'Académie Françoife , & vous m'avez compté cette connoiffance pour un merite ; mais le merite d'autruy vous a encore plus fortement follicitez en ma faveur. Je tiens par le bonheur de ma naiffance à un grand nom , qui dans la plus noble efpece des productions de l'efprit , efface tous les autres noms , à un nom que vous refpectez vous mêmes. Quelle ample matiere m'offriroit l'illuftre Mort qui l'a ennobli le premier ! Je ne doute pas que le Public penetré de la verité de fon Eloge , ne me difpensât de cette fcrupuleufe bien-féance , qui nous défend de publier des loüanges où le fang nous donne quelque part , mais je me veux épargner la honte de ne pouvoir , avec tout le zele du fang , parler de ce grand Homme , que comme en parlent ceux que fa gloire intereffe le moins.

Vous , MESSIEURS , à qui fa memoire fera toujours chere , daignez travailler pour elle en me mettant en état de ne la pas deshonorer. Empêchez que l'on ne reproche à la Nature de m'avoir uny à luy par des liens trop étroits. Vous le pouvez, MESSIEURS, j'ofe croire même que vous vous y engagez aujourd'huy. Seurs que vos lumieres fe communiquent, vous m'accordez l'entrée de l'Académie ; & pourriez-vous me recevoir parmy vous, fi vous n'aviez formé le deffein de m'élever jufqu'à vous ? Oferois-je moy-même, fi je ne comptois fur vôtre fecours, fucceder à un grand Magiftrat, dont le genie, quelque diftance qu'il y ait entre les caracteres de Confeiller d'Eftat & d'Académicien, embraffoit toute cette étenduë ?

Je fens que mon cœur me follicite de m'étendre fur ce que je vous dois, & je refifte à un mouvement fi legitime, non par l'impuiffance où je fuis de trouver des expreffions dignes du bienfait, je n'en chercherois pas, mais parce que je vous marqueray mieux ma reconnoiffance, lors que j'entreray avec une ardeur égale à la vôtre dans ce qui vous intereffe le plus vivement. Un grand fpectacle eft devant vos yeux, une grande idée vous occupe, & vous rendroit indifferens à d'autres difcours ; je fufpens mes fentimens particuliers, je cours au feul fujet qui vous touche.

Mons vient d'être foûmis. Tandis qu'un Prince qui tire tout fon éclat d'être jaloux de la gloire de LOUIS LE GRAND, affemble avec fafte des Confeils compofez de Souverains, & que fon ambition s'y laiffe flater par des hommages qu'il ne doit qu'à la terreur que l'on a conçûë de la France, tandis qu'il propofe des projets d'une Campagne plus heureuse que les precedentes , projets qu'a enfantez avec peine une sombre & lente meditation ; c'est aux portes de ce Conseil , c'est dans le fort des déliberations , que L O U I S entreprend de se rendre maître de la plus considerable de toutes les Places ennemies.

A ce coup de foudre l'Assemblée se dissipe ; le Chef court , vole où il se croit necessaire , remuë tout , fait les derniers efforts , assemble enfin une assez grande Armée pour ne pas être témoin de la prise de Mons sans en rehausser l'éclat. La fortune du Roy avoit appellé ce spectateur d'au de-là des Mers. Conquête aussi heureuse que glorieuse , si au milieu du bonheur dont elle a été accompagnée , elle ne nous avoit pas coûté des craintes mortelles. Il n'est pas besoin d'en exprimer le sujet ; sous le regne de L O U I S nous ne pouvons craindre que quand il s'expose.

Dans le même temps Nice , qui dans les Etats d'un autre Ennemy décide presque de leur sureté , Nice est forcée de se rendre à nos armes , & la Campagne n'est pas encore commencée. Quelle grandeur , quelle noblesse dans les entreprises du Roy ! Rien ne peut nuire à leur gloire , que la promptitude du succez , qui peut-être aux yeux de l'avenir cachera les difficultez du dessein & fera disparoître tous les obstacles qui ont esté ou prévenus ou surmontez. Il manque à des entreprises si vastes & si hardies la lenteur de l'execution.

Quand nous vîmes , il y a quelques années , s'é-

lever l'orage que formoit contre nous un Esprit
né pour en exciter, ambitieux sans mesure, & cependant ambitieux avec conduite, enorgueilli par
des crimes heureux; quand nous vîmes entrer dans
la Ligue jusqu'à des Princes, qui malgré leur foi-
blesse pouvoient être à redouter, parce qu'ils au-
gmentoient un nombre déja redoutable, nous espe-
râmes, il est vray, que tant d'ennemis viendroient
se briser contre la puissance de LOUIS, mais ne
dissimulons pas que l'idée que nous en avions, quelque élevée qu'elle fût, ne nous promettoit rien au
delà d'une glorieuse resistance. Apprenons que la
resistance de LOUIS, ce sont de nouvelles Conquêtes, il ne sçait point assurer ses frontieres sans
les étendre, il ne défend ses Etats qu'en les aggran-
dissant.

Il avoit renoncé par la Paix à se rendre maître de
l'Europe, & l'Europe entiere rallume une guerre
qui le rétablit dans ses droits, & l'invite à reparer
les pertes volontaires de sa moderation. Il tenoit
sa valeur captive, ses Ennemis eux-mêmes l'ont
dégagée, & l'Univers luy est ouvert.

Que ne pouvons-nous rappeller du tombeau, &
rendre spectateur de tant de merveilles, le grand
Ministre à qui l'Académie Françoise doit sa naissan-
ce! Luy qui sous les ordres du plus juste des Rois,
a commencé l'élevation de la France, avec quel
étonnement verroit-il ses propres desseins poussez
si loin au de là de son idée & de son attente! Luy
qui nous fut donné pour préparer le chemin à

LOUIS LE GRAND , auroit-il crû oûvrir une ſi belle & ſi éclatante Carriere ?

Surpris de tant de gloire, il pardonneroit à cette Compagnie , ſi elle ne remplit pas ſous ce Regne le devoir qu'il luy avoit impoſé de celebrer dignement les Heros que la France produiroit. Il verroit avec un plaiſir égal, & nôtre zele , & nôtre impuiſ-ſance. Ceux qui voudroient entreprendre l'éloge de LOUIS , ſont accablez ſous ce même poids de grandeur , de valeur, & de ſageſſe, qui accable aujourd'huy tous les Ennemis de cet Etat. Une ſincere ſoûmiſſion eſt le ſeul parti qui reſte à l'Envie, & une admiration muette eſt le ſeul qui reſte à l'Eloquence.

APRÈS QUE M^r. DE FONTENELLE
eut achevé son Discours, M^r. DE CORNEILLE,
Chancelier de la Compagnie, répondit en ces
termes.

X 3501

M ONSIEUR,

. Nous sommes traitez vous & moy bien different
ment dans le même jour. L'Académie a besoin d'un
digne sujet pour remplir le nombre qui luy est pres-
crit par ses statuts. Pleine de discernement, n'ayant
en veuë que le seul merite, & dans l'entiere liberté
de ses suffrages, elle vous choisit pour vous donner,
non seulement une place dans son Corps, mais celle
d'un Magistrat éclairé qui dans une noble concur-
rence ayant eu l'honneur d'estre declaré Doyen du

B

Conſeil d'Eſtat par le jugement même de Sa Ma-
jeſté, faiſoit ſon plus grand plaiſir de ſe dérober à
ſes importantes fonctions, pour nous venir quelque-
fois faire part de ſes lumieres; que pouvoit il arriver
de plus glorieux pour vous? Dans le meſme temps,
cette même Académie change d'Officiers ſelon ſa
coûtume. Le Sort qui decide de leur choix, n'auroit
pû qu'être applaudy s'il l'eût fait tomber ſur tout autre que ſur moy, & quoy qu'incapable de ſoûtenir
le poids qu'il impoſe, c'eſt moy qui le dois porter. Il
eſt vray qu'il a fait voir ſa juſtice par l'illuſtre Di-
recteur qu'il nous a donné. La joye que chacun de
nous en fit paroître, luy marqua aſſez que le hazard
n'avoit fait que s'accommoder à nos ſouhaits, & je
n'en ſçaurois douter; vous ne le pûtes apprendre
ſans vous ſentir auſſi-toſt flaté de ce qui auroit ſaiſi
le cœur le plus détaché de l'amour propre. La qua-
lité de Chef de la Compagnie, l'engageant dans la
place qu'il occupe, à vous répondre pour elle, il
vous auroit été doux qu'un homme dont l'éloquence s'eſt fait admirer en tant d'actions publiques,
vous eût fait connoître ſur quels ſentimens d'eſti-
me pour vous l'Académie s'eſt déterminée à ſe dé-
clarer en vôtre faveur. Son peu de ſanté l'ayant obli-
gé à s'en repoſer ſur moy, vous prive de cette gloire,
& quand le deſir de répondre dignement à l'honneur
que j'ay de porter icy la parole à ſon defaut, pour-
roit m'animer aſſez pour me donner la force d'eſprit
qui me ſeroit neceſſaire dans un ſi glorieux poſte,
ce que je vous ſuis me fermant la bouche ſur toutes

les chofes qui feroient trop à vôtre avantage, vous ne devez attendre de moy qu'un épanchement de cœur qui vous faffe voir la part que je prens au bonheur qui vous arrive ; des fentimens, & non des loüanges.

M'abandonneray-je à ce qu'ils m'infpirent ? La proximité du fang, la tendre amitié que j'ay pour vous, la fuperiorité que me donne l'âge, tout femble me le permettre, & vous le devez fouffrir ; j'iray jufques à vous donner des confeils. Au lieu de vous dire que celuy qui a fi bien fait parler les Morts, n'étoit pas indigne d'entrer en commerce avec d'illuftres Vivans; au lieu de vous applaudir fur cet agreable arrangement de differens Mondes dont vous nous avez offert le fpectacle, fur cet art fi difficile, & qu'il me paroît que le Public trouve en vous fi naturel, de donner de l'agrément aux matieres les plus feches, je vous diray, que quelque gloire que vous ayent acquife dés vos plus jeunes années les talens qui vous diftinguent, vous devez les regarder, non pas comme des dons affez forts de la nature pour vous faire atteindre, fans autre fecours que de vous-même, à la perfection du merite que je vous fouhaite, mais comme d'heureufes difpofitions qui vous y peuvent conduire. Cherchez avec foin pour y parvenir les lumieres qui vous manquent. Le choix qu'on a fait de vous, vous met en état de les puifer dans leur fource.

En effet, rien ne vous les peut fournir fi abondamment, que les Conferences d'une Compagnie,

où si vous m'en exceptez, vous ne trouverez que
de ces Genies sublimes à qui l'immortalité est deuë.
Tout ce qu'on peut acquerir de connoissances uti-
les par les belles Lettres, l'Eloquence, la Poësie,
l'Art de bien traiter l'Histoire, ils le possedent dans
le degré le plus éminent, & quand un peu de pra-
tique vous aura facilité les moyens de connoistre à
fond tout le merite de ces celebres Modernes,
peut-estre serez-vous autorisé, je ne dis pas à les pre-
ferer, mais à ne les pas trouver indignes d'estre
comparez aux Anciens.

Ce n'est pas, que quelque juste que cette loüange
puisse estre pour eux, ils ne la regardent comme une
loüange qui ne leur sçauroit appartenir. Ils ne l'é-
coutent qu'avec repugnance, & la veneration que
l'on doit à ceux qui nous ont tracé la voye dans le
chemin de l'esprit, s'il m'est permis de me servir
de ces termes, prévaut en eux contre eux-mêmes
en faveur de ces grands Hommes, dont les excel-
lens Ouvrages, toûjours admirez de toutes les Nations, ont passé jusques à nous malgré un nombre
infini d'années, comme des Originaux qu'on ne
peut trop estimer. Mais pourquoy nous sera-t'il dé-
fendu de croire que dans les Arts & dans les Scien-
ces, les Modernes puissent aller aussi loin, & même
plus loin que les Anciens, puis qu'il est certain, en
matiere de Heros, que toute l'Antiquité, cette Antiquité si venerable, n'a rien que l'on puisse compa-
rer à celuy de nostre siecle ?

Quel amas de gloire se presente à vous, MESSIEURS,

à la fimple idée que je vous en donne ! N'entrons point dans cette foule d'actions brillantes dont l'éclat trop vif ne peut que nous éblouïr. N'examinons point tous ces furprenans prodiges, dont chaque année de fon Regne fe trouve marquée. Les Cefars, les Alexandres ont befoin que l'on rappelle tout ce qu'ils ont fait pendant leur vie, pour paroître dignes de leur reputation, mais il n'en eft pas de mefme de LOUIS LE GRAND. Quand nous pourrions oublier cette longue fuite d'évenemens merveilleux qui font l'effet d'une intelligence incomprehenfible, l'Herefie détruite, la protection qu'il donne feul aux Rois opprimez, trois Batailles gagnées encore depuis peu dans une même Campagne, il nous fuffiroit de regarder ce qu'il vient de faire pour demeurer convaincus, qu'il eft le plus grand de tous les hommes.

Seur des Conquêtes qu'il voudra tenter, il donne la paix à toute l'Europe. L'Envie en fremit; la Jaloufie qui faifit des Puiffances redoutables, ne peut fouffrir le triomphe que luy affeure une fi haute vertu. Sa grandeur les bleffe, il faut l'affoiblir. Un nombre infini de Princes, qui ne poffedent encore leurs Etats que parce qu'il a dédaigné de les attaquer, ofent oublier ce qu'ils luy doivent pour entrer dans une Ligue, où ils s'imaginent que leurs forces jointes feront en état d'ébranler une Puiffance qui a jufques-là refifté à tout. Que les Ennemis de la Chreftienté fe refaififfent de tout un Royaume qu'ils n'ont perdu que par cette Paix qui a donné lieu aux avantages qu'on a remportez fur eux ; n'importe, il n'y a rien qui ne foit à préferer au chagrin infupportable de voir ce Monarque joüir de fa gloire. Les Alliez fe refolvent à prendre les armes, & des Princes Catholiques, l'Efpagne même que fa fevere Inquifition rend fi renommée fur fon exactitude à punir les moindres fautes qui puiffent bleffer la Religion, ne font point difficulté de renouveller la Guerre, pour appuyer les deffeins d'un Prince, à qui toutes les Religions paroiffent indifferentes pourveu qu'il nuife à la veritable, d'un Prince, qui pour fe placer au trône ofe violer les plus faintes Loix de la nature, & qui ne s'eft rendu redoutable, que par ce qu'il a trouvé autant d'aveuglement dans ceux qui l'élevent, qu'il a d'injuftice dans tous les projets qu'il forme.

Voyons les fruits de cette union ; des pertes continuelles, & tous les jours des malheurs à craindre plus grands que ceux qu'ils ont déja éprouvez. Il faut pourtant faire un dernier effort pour arréter les gemiffemens des Peuples à qui de dures exactions font ouvrir les yeux fur leur efclavage. On marque le temps & le lieu d'une Affemblée. Des Souverains, que la grandeur de leur caractere devroit retenir, y viennent de toutes parts rendre de honteux hommages à ce temeraire Ambitieux, que le crime a couronné, & qui n'eft au deffus d'eux qu'autant qu'ils ont bien voulu l'y mettre. Il les entretient d'efperances chimeriques. Leur formidable puiffance ne trouvera rien qui luy puiffe refifter. S'ils l'en ofent croire, le Roy qui veut demeurer tranquille ne fe

fait plus un plaifir d'aller animer fes Armées par fa
prefence, & dés que le temps fera venu d'entrer en
Campagne, ils font affeurez de nous accabler.

Il eſt vray que le Roy garde beaucoup de tranquillité, mais qu'ils ne s'y trompent pas. Son repos
eſt agiffant, fon calme l'emporte fur toute l'inquie-
tude de leur vigilance, & la regle des faifons n'eſt
point une regle pour ce qu'il luy plaiſt de faire. Nos
Ennemis confument le temps à examiner ce qu'ils
doivent entreprendre, & LOUIS eſt preſt d'executer. Il n'a point fait de menaces, mais fes ordres font donnez; il part, Mons eſt invefty, fes plus
forts remparts ne peuvent tenir en fa prefence, &
en peu de jours fa prife nous délivre des alarmes où
il nous jettoit en s'expofant.

Que de glorieufes circonftances relevent cette
Conquefte! C'eſt peu qu'elle foit rapide. C'eſt peu
qu'elle ne nous coûte aucune perte qu'on puiffe trouver confiderable; elle fe fait aux yeux mêmes de ce
Chef de tant de Ligues qui avoit juré la ruine de la
France. Il devoit venir nous attaquer; on va au devant de luy, & il ne fçauroit défendre la plus importante Place qu'on pouvoit ofter à fes Alliez. S'il
ofe approcher, c'eſt feulement pour voir de plus prés
l'heureux triomphe de fon Augufte Ennemy.

Nos avantages ne font pas moins grands du côté
de l'Italie. Une des Places qui vient d'y eftre conqui-
fe, avoit bravé, il y a cent cinquante ans, les efforts
de deux Armées, & dés la premiere attaque de nos
Troupes, elle eſt forcée de capituler. Gloire par tout

pour le Roy. Confufion par tout pour fes Ennemis.
Ils fe retirent tout couverts de honte, le Roy revient
couronné par la Victoire, & la Campagne s'ouvrira
dans fa faifon. Quelles merveilles n'avons nous pas
lieu de croire qu'elle produira, quand nous voyons
celles qui l'ont precedée!

Voila, MESSIEURS, une brillante matiere
pour employer vos rares talens. Vous avez une matiere bien avantageufe de les faire voir dans toute
leur force, fi pourtant il vous eft poffible de trouver
des expreffions qui répondent à la grandeur du fujet.
Quelques foins que nous prenions à chercher l'ufage de tous les mots de la langue, nous ne fçaurions
nous cacher que les actions du Roy font au deffus
de toutes fortes de termes. Nous croyons les grandes chofes qu'il a faites, parce que nos yeux en ont
efté les témoins, mais fur le rapport que nous en
ferons, quoy qu'imparfait, quoy que foible, quoy
qu'infiniment au deffous de ce que nous voudrons
dire, la Pofterité ne les croira pas.

Vous nous aiderez de vos lumieres, vous,
MONSIEUR, que l'Académie reçoit en focieté pour
le travail qu'elle a entrepris. Elle penfe avec plaifir
que vous luy ferez utile; je luy ay répondu de voftre
zele, & j'efpere que vos foins à dégager ma parole
luy feront connoiftre qu'elle ne s'eft point trompée
dans fon choix.

COMPLIMENT
FAIT AU NOM
DE L'ACADÉMIE
FRANÇOISE
POUR ESTRE PRONONCÉ
DEVANT LE ROY
à son retour de la Conqueste de Mons.

Par Monsieur CHARPENTIER *Doyen de l'Académie.*

A Conqueste de Mons a esté une action si glorieuse au Roy, & si avantageuse à l'Etat, que toutes les Compagnies Superieures s'estoient préparées à complimenter SA MAJESTE' à son heu-

BIBLIOTHEQUE

reux retour. *L'Académie Françoise qui en de semblables occasions à l'honneur de saluer le Roy avec les autres Compagnies, s'attendoit aussi à luy rendre ses tres-humbles respects, & M. Charpentier Doyen de l'Académie s'estoit trouvé chargé de la parole. Mais le Roy n'ayant point voulu recevoir de compliments,* SA MAJESTE' *n'a veu ce discours qu'en Manuscrit. Cependant l'Académie ayant souhaité de l'entendre, Mr Charpentier le prononça dans l'Assemblée extraordinairement convoquée le 5. May, pour la reception de Mr de Fontenelle, en la place vacante par le deceds de M de Villayer Doyen du Conseil d'Etat.*

S I R E ,

 V O S T R E **M A J E S T E'** revient Vic-
torieufe d'une entreprife , qui jette la
confternation parmi vos Ennemis ; Qui
comble de joye vos fideles fujets ; Que
les Nations éloignées n'apprendront qu'a-
vec eftonnement , & que la Pofterité
trouvera prefque incroyable. Vous par-
tez , **S I R E**, devant le temps où l'Ecri-
ture Sainte dit , Que les Rois ont accou-
tumé d'aller à la Guerre. Vous mettez
vos Armées en Campagne dans la faifon
la plus aride de toute l'année; Mais voftre
Prévoyance fait naiftre la fertilité dans
les Deferts , & vos Soldats trouvent de
quoy fubfifter abondamment fur les ter-
res des Ennemis ,où ils ont peine à fubfifter eux-mefmes. Tant de Princes conju-
rez contre V O S T R E **M A J E S T E'**,ne fe

*Tempore
quo folent
reges ad
bella pro-
cedere.
Reg. 2. 11.
Id eft. In
vere quan-
do pulfa
frigoris af-
peritate pa-
bula repe-
riuntur ju-
mentorum.*

A ij

font affemblez que pour fuivre le Char
de voftre Triomphe. La Multitude, le
Fafte, la Dignité de ces Teftes Couron-
nées, n'ont fervi qu'à rendre voftre Conquefte plus éclatante. Tandis qu'ils tien-
nent des Confeils où la Jaloufie a plus de
part que la Prudence. VOSTRE MAJESTE'
attaque à leur veuë la plus importante
de leurs places, & la foumet en moins
de temps, que d'autres n'en auroient con-
fumé aux préparatifs du Siege. De là
vous rompez toutes les mefures qu'ils
avoient prifes, & vous les mettez hors
d'eftat d'en prendre de nouvelles. Dans
ce defordre univerfel de leurs affaires, ils
propofent des remedes dont ils appre-
hendent l'ufage, & celuy qui prefide à
leurs deliberations, n'a ofé s'approcher
du Foudre vangeur dont il redoute la
Juftice. Ce n'eft point, SIRE, dans l'Hiftoire qu'il faut chercher un evenement
pareil à celuy-cy. En quel fiecle, en quelle partie du Monde trouvera-t'on un
Roy, qui ait fouftenu luy feul l'effort de
tous les autres Potentats, & qui les ait

vaincus, non point feparement, mais tous
enfemble , & dans leur propre païs ? Je
m'imagine voir le Jupiter d'Homere *Iliad. 8.*
contre qui tous les Dieux fe font unis
pour troubler la tranquillité de fon Empire. Aprés leur avoir reproché la vanité de leur deffein , il leur fait voir par
experience que fa force eft inébranla-
ble, & tandis qu'ils tirent contre luy pour
donner quelque fecouffe à l'immobilité
de fon Trône , il les enleve tous avec le
Globe de la Terre & de la Mer; Tant
il eft vray que la fuprême Vertu n'a rien
à redouter du Nombre! Voftre Moderation , SIRE , ne s'offenfera point , fi je
le compare à celuy que toute l'Antiquité a reconnu pour le fouverain des Dieux,
& fi je compare aux autres Divinitez tant
de puiffances unies contre la Voftre. Le
langage du vray Dieu que nous adorons,
& devant qui VOSTRE MAJESTE'
fe profterne tous les jours, ne refufe point
ce titre aux Rois qu'il a établis fur la ter- Ego dixi
re : *Je l'ay dit, vous eftes des Dieux & les* Dii eftis &
enfans du tres-Haut, c'eft ainfi que s'ex- *Pfal.* 81.

plique l'Oracle Eternel , & c'eſt ce qui m'a donné la liberté d'appliquer cette Image myſterieuſe du Ciel fabuleux , à la verité des merveilles que nous voyons. Avec vos ſeules forces , S I R E , vous diſſipez cette fameuſe Ligue qui a moins eu pour objet d'arreſter le progrés des armes de VOSTRE MAJESTE', que de s'oppoſer à l'avancement de la Religion Catholique. La fumée du puits de l'Abiſme s'eſt élevée dans l'air & la obſcurci, Elle a caché le Soleil à une partie des hommes, & ce qu'il y a de plus ſurprenant, c'eſt que les deux branches de la Maiſon d'Autriche , cette Maiſon qui a tiré tant d'avantages du titre de Catholique , ſe ſont laiſſées aveugler à ces Tenebres fatales, & n'ont point eu de repugnance à s'engager dans un parti où l'on ſuit des maximes ſi oppoſées à celles qui ont fait l'établiſſement de leur grandeur & de leur gloire. On a mieux aimé introduire les Ennemis de la Foy dans des villes Catholiques, que de reſtituer à VOSTRE MAJESTE',le Patrimoine

Aſcendit fumus putei abyſſi ſicut fumus fornacis magnæ, & obſcuratus eſt ſol & aer de fumo putei.
Apocal. 9.)

de ſes enfans. Mais enfin, Dieu a pronon-
cé ſur ce grand Differend ; Il s'eſt expli-
qué par vos Victoires , & tant d'avantages remportez en divers endroits , ont
eſté la recompenſe de voſtre Pieté, & de
voſtre Juſtice. De voſtre Pieté, S I R E ,
pour avoir relevé tant d'Autels , rebaſti
tant d'Egliſes, & renverſé juſqu'aux plus
creux fondemens, les Temples d'un Culte
Etranger. De voſtre Juſtice pour avoir
tendu les bras à un Roy trahi & perſe-
cuté par ſes ſujets , & par ſes propres Enfans, & avoir eſté le ſeul Monarque de
toute la Chreſtienté , qui n'avez pû ſouf-
frir qu'il fuſt dépoüillé de ſes Royaumes,
parce qu'il a trop de ferveur pour la pu-
reté de l'ancienne Religion de ſes Peres ,
& trop d'averſion pour l'impieté des Sec-
tes nouvelles. Il n'en faut pas douter,
S I R E , Dieu couronnera l'ouvrage de
ſa Providence. Il ne laiſſera point impar-
faits les deſſeins qu'il vous a inſpirez pour
ſa Gloire & pour le bonheur de tout le
Genre humain. Vous le venez d'éprou-
ver. Il a marché à la teſte de vos armées

8

Ego ante te ibo & gloriosos terræ humiliabo, portas æreas conteram & vectes ferreos confringam. *Isaya.* 45.

Il a fait fuir les Rois en vostre presence ; Il a humilié devant vous les Superbes de la Terre ; Il a brisé les portes d'airain & les verroux d'acier, & a accompli de nouveau en vostre Personne sacrée, ces grandes & magnifiques promesses qu'il fit autrefois par son Prophete, à un Roy qu'il avoit choisi pour finir l'oppression de son peuple, & l'affranchir du joug d'un Usurpateur. L'Académie Françoise, SIRE, qui s'occupe toute entiere de la grandeur de vos actions Heroïques, voit bien qu'elle n'a pas assez de Palmes ny de Lauriers pour offrir à V. M. qu'elle n'a pas assez de voix pour chanter vos loüanges ; Mais si l'impuissance d'égaler la noblesse de son sujet, la retient en deçà de la perfection, elle ose du moins se promettre que personne ne pourra égaler ses efforts, ny aller au delà de son zele pour celebrer la gloire de vostre Nom, & pour consacrer à L'IMMORTALITÉ les miraculeux evenements de vostre Regne.

MONSIEUR L'ABBÉ DE LAVAU
*prononça le Difcours fuivant avant que de
lire les Ouvrages de Meßieurs* BOYER *&*
PERRAULT , *& l'Epître de Madame
DES* HOULIERES ,*dont il étoit chargé.*

POUr contribuer à la folemnité de cette Journée,
je voudrois bien , je l'avoüe , faire quelqu'autre
chofe que de lire les ouvrages des autres. Il eft vray
qu'il n'eft pas aifé de parler ,comme il conviendroit,
de ce qui fait aujourd'huy l'étonnement de toute
l'Europe , ce qui eft cependant le fujet ordinaire de
nos entretiens. Les productions de tant de rares
Genies qui ont paru jufques icy , loin d'en frayer
le chemin le font paroiftre plus difficile , & il le
paroift encore davantage quand on a entendu ces
Meffieurs , & Monfieur DE FONTENELLE , Monficur DE COR-NEILLE, & Monficur CHAR-PENTIER.
déja parfaitement inftruit du principal devoir d'un
Académicien. Il vient de parler de nôtre augufte
Protecteur d'une maniere qui donne de grandes
idées de ce qu'il fçaura faire à l'avenir , on s'ap-
perçoit même aifément qu'il n'y aura pas un mediocre plaifir , Digne neveu des Corneilles ! fes Ouvrages auffi ne feront pas d'un mediocre gouft pour
la pofterité. On y verra cet agréement qu'on trouve
dans fa converfation , & dans ce qu'il écrit , quelque épineufe & fterile qu'en foit la matiere ; de
forte qu'on pourra juftement dire de luy , ce que
rapporte Ciceron, que difoit Craffus d'un des plus

A

3

Ce n'étoit pas le Grād Cefar, mais Cefar frere de Catulus le pere.
heureux Genies de fon temps , de Cefar *, qu'il fça-
voit donner aux chofes les plus tragiques tout l'a-
gréement que le genre comique peut fournir , ré-
pandre de la douceur fur les fujets les plus triftes ,
& mettre de l'enjoüement dans les chofes les plus
relevées , fans leur rien faire perdre de leur poids ,
& de leur force &c. Monfieur DE FONTENELLE
a auffi de grands exemples dans fa famille , & il vient
de nous renouveller la memoire du fameux Corneille
fon oncle , un des principaux ornemens du fiecle ,
& de cette Compagnie, generalement eftimé & ho-
noré chez les Nations où l'on trouve des gens qui
connoiffent les Lettres. Qu'il nous manque aujour-
d'huy cet excellent Homme ? & qu'il auroit bien
fçeu faire paffer à la pofterité nôtre Monarque in-
comparable, finon tel qu'il eft , au moins tel qu'il
eft poffible aux hommes de le concevoir ! Nous en
avons de feürs garants dans les Heros des fiecles
paffez qu'il a fait revivre d'une maniere fi glorieufe
pour l'antiquité , & qu'il femble n'avoir ramenez jufqu'à nous avec tout leur éclat , que pour faire paroître encore davantage la gloire de fon Souverain.

J'aurois à parler icy de la prife de Mons, de celle
de Villefranche, de celle de Nice , toutes fi confi-
derables par leur importance , & par les conjonc-
tures, mais connoiffant par experience combien il
eft difficile d'en parler convenablement , je croy
qu'il eft à propos de fe retrancher à ce que j'oüis
dire ces jours paffez à un des plus grands Prelats du
monde. Nos voix en doivent être étouffées, difoit il,
elles font trop foibles , laiffons agir nos cœurs &

nôtre joye , & levons les mains au Ciel pour le re-
mercier de tant de prodiges.

L'éloquence de ce Prélat , son profond fçavoir
qui a souvent surpris & confondu ses envieux , &
son zele pour son Prince , ne sont pas des secrets
pour ceux qui m'écoutent , les limites du Royaume ne renferment point sa reputation , elle est sans
bornes , & l'on ne le sçauroit connoître sans soûte-
nir que c'est avec raison qu'il occupe le premier rang
dans l'Eglise de France , c'est-à-dire le second de
l'Eglise universelle : seroit-il même possible d'en
douter ? c'est LOUIS LE GRAND qui l'y a
placé. Combien de témoignages , d'estime & de
preference ne luy a point donné ce Prince , dont
les qualitez inimitables font assez voir le soin que
le Ciel prend de la France , & dont la conduite per-
suade suffisamment qu'il ne se peut tromper dans ses
choix ! Que n'a t'il pas pensé de cet illustre Archeves-
que , quand il l'a destiné à l'honneur de la pourpre,
pour le mettre dans la route qui mene à la premiere
place du monde ; & cela sans en avoir esté sollicité ,
sans aucune raison d'Estat que celle de faire le meil-
leur choix , & sans y avoir esté porté par aucune autre consideration que celle du merite & de la vertu !
Or puisqu'un si grand Homme qui a sçeu si souvent &
si excellemment parler de son maistre , & des évene-
ments de son regne, fait entendre qu'en cette derniere
occasion , il est bon de prendre le parti du silence,
& de s'abandonner à la joye , souvent plus éloquente
que les paroles, c'est à moy plus qu'à un autre de
suivre un tel Conseil.

Il faut attendre que le Ciel, à qui l'on ne peut douter que LOUIS ne foit precieux, donne de ces Hommes admirables, dont il fe plaift quelque fois à enrichir les fiecles, qui fçachent peindre cet évenement extraordinaire auffi grand qu'il l'eft, & recueillir tout ce que fait, & ce que dit ce Roy invincible pour l'apprendre à nos neveux d'une maniere qui les perfuade; ouvrage difficile, & qui n'apartient pas à des hommes ordinaires. Car enfin nous voyons depuis plufieurs années des prodiges fucceder continuellement les uns aux autres, & tous les jours nous fommes furpris, nous ne les croyons qu'avec peine, quoyque. nous en foyons convaincus. Que feront ceux qui verront tout d'un coup tant de merveilles dans toute leur étenduë fans y avoir été preparez par des evenemens pareils? L'antiquité ne les aura prevenus par aucun exemple, qui ait pû difpofer à croire ce que la valeur, la juftice, la fageffe, la moderation, la magnificence, la bonté, la clemence, la gloire enfin, & plus que tout cela la religion font executer chaque jour à LOUIS le plus grand des Roys.

Je le dis encore le Ciel eft trop intereffé à fa gloire & à celle de la France; il feroit plûtôt un nouveau miracle pour donner des hommes propres à un fi grand Ouvrage & fans doute ce miracle eft déja fait. Mais j'abufe de vôtre patience, MESSIEURS. Il faut revenir à la fonction qui m'eft impofée, & tâcher par la lecture des belles chofes qu'on me vient de mettre entre les mains, à reparer le temps que je vous ay fait perdre à m'écouter.

AU ROY

SUR LA PRISE

DE MONS.

BIBLIOTHÈQUE ROYALE

Vous revenez Vainqueur, & dans cet heureux jour
On vous voit tout brillant d'une nouvelle gloire :
  Mais, GRAND ROY, le pourrez-vous croire ?
  On a fait pour vôtre retour
Des souhaits plus ardents que pour vôtre victoire.
Même quand nous voyons vos jours en seureté,
Nous ne sçaurions encore oublier nos allarmes :
  Le triomphe le plus vanté
  Peut à peine payer les larmes
  Que vos perils nous ont coûté.

Il est beau de vous voir en teste d'une Armée
  Suivy de Bellonne & de Mars,
  Precedé de la Renommée,
De l'Europe attentive arrester les regards.
Il est beau de vous voir affronter les hazards,
Etaler devant Mons le grand Art de la guerre,
Et par vôtre presence ébranler ses remparts
  Plus que n'a fait vôtre tonnerre :
  Mais le prix que vous attendez
  Fust ce l'Empire de la Terre,
  Vaut-il ce que vous hazardez ?

4

C'eſt en Vous ſeul qu'on voit cet amas incroyable
Et de puiſſance & de grandeur ;
Cette prudence impenetrable
Dont l'Ennemy ne peut percer la profondeur ;
Des grandes actions ſagement concertées
L'étonnante rapidité ;
De fortes places emportées.
Par tout Gloire , Bonheur , Vaillance , Activité.

Que ces Vertus font naître & d'amour & d'envie !
Plus vous nous devenez aimable & pretieux,
Plus des Roys ſont jaloux d'une ſi belle vie.
Vous étes trop grand à leurs yeux ;
Que ce défaut eſt glorieux !
L'Ennemy qui tient ce langage
Met vòtre nom plus haut & dans un plus grand jour,
Et loin qu'à vôtre gloire il faſſe quelque outrage
Sa haine parle mieux pour vous que nôtre amour.

Que d'injuſtes projets, que de vaines penſées,
Que de complots, que d'attentats
Preparez contre vos Etats !
Que de droits violés, que de loix renverſées !

Un Monarque eſt proſcrit ; ſon Fils infortuné
Fuit ſur l'Onde infidelle une main parricide ;
L'Uſurpateur eſt couronné
Par le lâche ſoldat & le ſujet perfide.

Du ſuperbe Ottoman on voit l'heureux vainqueur
Moins ſatisfait de ſa victoire
Qu'il n'eſt faſché de vôtre gloire ,
Tant contre vous l'Envie empoiſonne ſon cœur.

Son dernier coup alloit tomber fur l'Infidelle,
Et par de vaftes mers le feparer de nous ;
   Mais un orgueil foible & jaloux
Luy fait facrifier une gloire fi belle
Au chimerique efpoir de triompher de vous.

Cette ardeur va fi loin, qu'on voit le fier Batave
Accepter fans rougir cent maîtres differents ;
D'un Prince fon fujet, il s'eft rendu l'efclave ;
Et tous fes alliés deviennent fes tyrans.

   Un jeune Prince, ambitieux, credule
Se forme fur le plan d'un projet ridicule
   Le fol efpoir de conquerir ;
Et connoît, mais trop tard que pour prix de fon crime
   Il eft la proye & la victime
Du barbare etranger qui doit le fecourir.

Ah? que de tant de Chefs & de tant de Monarques
   Les vains efforts, l'aveugle emportement
Vont de vôtre grandeur laiffer d'illuftres marques !
Quand la Nymphe à cent voix publiera hautement
Que vôtre gloire a fait tout ce grand mouvement,
   Quel plus beau trait pour orner vôtre hiftoire ?
Quels eloges, quels noms peuvent plus feurement
   Eternifer vôtre memoire ?

Triomphez & vivez, & qu'un noble repos
   Suive cette grande victoire.
   Vous avez fçeu vaincre en Heros ;
Vivez, regnez en Roy, tout cede à cette gloire.

Quand Mons eft pris aux yeux de tant de Potentats

D'un si grand coup Spectateurs immobiles,
S'ils soûtiennent si mal & sieges & combats,
Des exploits pour vous si faciles
Doivent occuper d'autres bras.
Aprés une disgrace & si pleine & si prompte
Laissez vôtre Ennemy sans force & sans espoir
Se consumer luy-mesme & devorer la honte
Du plus sanglant affront qu'il pouvoit recevoir.

Déja la Ligue se divise:
De tant de Souverains sous Nassau rassemblez
Les efforts impuissants & les soins redoublez
Veulent en vain serrer la chaîne qui se brise :
Bien plus, ce corps qu'anime un reste de chaleur,
Doit avouër, pressé par son malheur,
Que vous étes vous seul toute son esperance,
Et qu'il doit pour vos jours s'allarmer comme nous.
Que deviendroient tant de peuples sans vous ?
Le Ciel veut-il par une autre puissance
Calmer & regler l'Univers,
Finir les troubles de la guerre,
Reunir tant de cœurs, tant d'interêts divers,
Et rendre la paix à la terre ?

BOYER de l'Académie Françoise.

A MONSIEUR
LE PRESIDENT ROSE.

EPITRE.

BIBLIOTHEQUE ROYALE

Cavez vous qu'à Paris on ne trouve pas bon
Qu'un Heros sans égal dans la Paix, dans la Guerre,
Un ROY qui fait trembler au seul bruit de son Nom
    Tous les autres Rois de la Terre,
Aille dans la Tranchée essuyer le Canon ?

    Pourquoy faut-il (c'est ainsi que l'on glose)
    Que comme un simple Cavalier
    A tout peril à toute heure il s'expose ?
    C'est trop faire & trop s'oublier.

    Que ce Grand Prince considere
    Que tout brave homme en pourroit faire autant,
Mais que quand sous sa Tente il pense, il délibere,
Il dispose, il ordonne, & qu'en un mesme instant
En mille endroits divers sa vigilance opere,
    Il fait alors dans ce haut Ministere
Ce qu'un autre que Luy ne sçauroit si bien faire,
Et ce qui dans toute œuvre est le plus important.

    Qu'il songe encor, ce trop Vaillant Monarque,
    Qu'à son destin nos destins sont mêlz ;
    Que du mesme or, par les mains de la Parque

Nos jours & les siens sont filez.
Qu'il est nostre Roy, nôtre Pere,
Qu'il est nostre Ange tutelaire,
Nostre honneur, nostre amour, nostre bien le plus doux,
Et que quand il s'expose il nous expose tous.

Il est à nous ce Prince encor plus qu'à Luy-mesme,
Le Ciel nous Le donna pour estre nôtre appuy,
Et lorsqu'en se livrant à sa valeur extreme,
Il ose disposer de Luy,
Il dispose du bien d'autruy.

On sçait que sa presence, & son air Heroïque,
Aux moins hardis donnent du cœur;
Mais du Soldat François la boüillante valeur
N'a gueres besoin qu'on la pique,
Et bien loin d'en manquer n'a que trop de chaleur.
On est seur que la recompense,
Quand un homme a fait son devoir,
Pourvû qu'un autre l'ait pû voir,
Va le trouver chez luy lorsque moins il y pense;
Que les plus beaux emplois se donnent tour à tour
A ceux qui de leur bras ont bien servi la France,
Non à des gens oisifs qui sans experience,
Sans service & sans suffisance,
Consument tout leur temps à mal faire leur cour

Mais tous les Potentats, que leur gloire outragée,
Jointe à mille dépits jaloux,
A dans la Haye assemblez contre nous,
Viennent nous affronter en bataille rangée.

L'exploit est assez éclatant,
Pour devoir enfin se resoudre
A voir encor LOUIS devenir combattant,
Et lancer Luy-mesme sa Foudre ;
Non , c'en est trop pour eux , ils en seroient trop vains,
Qu'Il remette sa Foudre aux redoutables mains
De ce Genereux Fils dont l'ardeur vive & prompte
Sçait si bien comment on surmonte
Les fiers & valeureux Germains ,
En peu de temps , il en rendra bon compte.

Voila comme on s'explique icy,
La maniere , entre nous , en est un peu hardie ;
Mais quand d'un si grand Prince on s'entretient ainsi
C'est que l'on l'aime , & que l'on s'aime aussi.

PERRAULT de l'Académie Françoise.

ACTION

DE GRACES

POUR LE ROY,

SUR LA CONTINUATION

DE L'HEUREUX SUCCEZ

E SES ARMES.

O D E.

*G*RAND *Dieu, qui proteges les Rois*
 Attachez à tes saintes loix,
  Et qui ne suivent que ta voye :
L O U I S *comblé d'honneurs & de prosperitez*
T*'en rend le juste hommage, & confesse avec joye*
Q*u'il ne doit son bonheur qu'à tes seules bontez.*

Cet invincible Conquerant
De ce qu'il a fait de plus grand
Met à tes pieds toute la gloire :
Il connoit combien foible eſt le pouvoir humain,
Qu'à la moindre conqueſte, à la moindre victoire,
Sans ton divin ſecours il pretendroit en vain.

On voit, Seigneur, que tu te plais
A prevenir tous ſes ſouhaits,
Ta grace en tous lieux l'environne :
Tout ce qu'il entreprend ſert à le ſignaler,
Et ta puiſſante main affermit ſa Couronne
Plus ſes fiers Ennemis tâchent de l'eſbranler.

L'eſclat dont tu l'as reveſtu
Pour recompenſer ſa Vertu
Se répand par toute la Terre :
Vn ſi noble deſtin luy fait mille jaloux,
Leur pouvoir s'eſt uni pour luy livrer la guerre,
Et cependant, Seigneur, ſeul il reſiſte à tous.

Il s'est fait par ses grands travaux
A la honte de ses Rivaux
Vn Nom d'éternelle durée ;
Et tout ce qu'il medite, & qu'on luy voit finir
Malgré toute l'Europe ensemble conjurée ;
A peine sera crû des siecles à venir.

Comme il n'a que toy pour objet
Il ne forme point de projet
A qui le succez ne réponde :
Il arrive toûjours plus beau qu'on ne l'attend,
Et puisque c'est sur Toy que son espoir se fonde,
Vn Sort si glorieux ne peut qu'estre constant.

De ces temeraires Mortels
Qui font la guerre à tes Autels,
Destruis la sacrilege Armée :
Rends par leur chastiment le calme à l'Vnivers ;
Que ton feu les devore, & reduise en fumée
Le superbe appareil de leurs desseins pervers.

Ah ! que ne peuvent-ils changer
Pour se souftraire à ce danger.
Que ce retour auroit de charmes !
LOUIS *ne veut, Seigneur, ny leur fang, ny leurs biens,*
Et Ceux qui l'ont forcé de reprendre les Armes
Ne font fes Ennemis qu'autant qu'ils font les tiens.

Dieu vangeur, fois toujours l'appuy
D'un Roy que tu fais aujourd'huy
Le Miniftre de ta Juftice :
Il eft dés le berceau triomphant & vainqueur,
Dans fes derniers befoins fois luy toujours propice,
Et previens les perils où l'expofe fon Cœur.

Quand fon heroïque tranfport
Le livre aux caprices du fort,
Daigne le couvrir de tes aifles :
C'eft pour ton intereft qu'il combat deformais,
Et s'il veut remporter des Victoires nouvelles
C'eft pour en faire naiftre une folide Paix.

Tous nos vœux vont eſtre exaucez :
Mons a veu ſes murs renverſez,
Tout tremble aprés cette Conqueſte :
Naſſau leur vaine Idole accouru de ſi loin,
A voulu ſeulement pour embellir la Feſte
Avec toute une Armée en eſtre le témoin,

Ny ſes fuites, ny ſes combats,
Seigneur, ne le ſauveront pas
Du coup qui va punir ſon crime :
Il verra toſt ou tard avorter ſes complots,
Et qu'il n'eſt couronné que comme une Victime,
Que l'on doit immoler pour le commun repos.

De Ceux qu'il traîne à ſon parti
Desja le zele eſt rallenti
Par le faix d'une injuſte guerre :
Ils ſentent qu'ils ne font que d'impuiſſans efforts,
Et gemiſſent trop tard ſous les coups du Tonnerre
Qui deſtruit leurs Citez & deſole leurs Ports.

D'un Complot qui fait tant de bruit
Ils n'ont recüeïlli pour tout fruit
Que le repentir & la honte :
Ils ont crû partager l'Empire de nos Lis ,
Ils pleurent, accablés du pouvoir qui les domte ,
Leurs Vaiſſeaux foudroyés, & leurs Forts démolis.

Seigneur, pour arreſter le cours
Des maux qui tourmentent nos jours
Deſſille les yeux de ces Princes :
Qui ſur un faux eſpoir d'affoiblir noſtre Roy ,
Se rendent au dépens du ſang de leurs Provinces
Les fauteurs d'un Tyran ſi rebelle à ta loy.

Regarde un Prince déthroné
Sans ceſſe à tes pieds proſterné
Qui t'en demande la vangeance :
LOUIS dans l'Univers eſt le ſeul Potentat
Qui touché de ſon ſort embraſſe ſa deffenſe ,
Et qui veüille en changer le déplorable Eſtat.

Mais pour un si grand changement
Il travailleroit vainement
Sans le secours que tu luy donnes :
D'un si juste deßein rends le succeȥ heureux :
Arbitre souverain du destin des Couronnes
Il ne veut triompher qu'autant que tu le veux.

Aprés tant de rares bienfaits
Il ne se lassera jamais
De chanter tes saintes loüanges :
D'un agreable encens tes Autels fumeront ,
Et de nos doux concerts meslés à ceux des Anges
Nos Temples , jusqu'au Ciel par tout retentiront.

LE CLERC de l'Academie Françoise.

EPISTRE
DE MADAME
DES HOULIERRES
A MONSEIGNEUR
LE DUC
DE BOURGOGNE.

TOY chez qui la raiſon devance les années.
Toy qui fais déja voir ces guerrieres ardeurs
    Dont ont brûlé tous les grands cœurs.
Prince, à qui je promis de belles deſtinées,
Quand l'eſprit agité des divines fureurs,
    Je couvris ton Berceau de fleurs.
    Souffre qu'à ta gloire ſenſible
J'entre dans les raiſons qui doivent t'irriter.
Pour un Heros naiſſant quel chagrin plus terrible,
    Que lors qu'il voit executer,
    Ce qu'on ſçait qu'il eſt impoſſible
    A tous les Heros d'imiter !

Pour flater ta douleur je sçay qu'on pourra dire ,
   Que les evenemens divers
   Qui font le destin d'un Empire ,
   Circulent avec l'Univers.
Qu'en son sein la nature enfin ne tient encloses
   Qu'un nombre limité de choses ,
Que nous voyons passer & revenir toûjours.
Et qu'ainsi ta valeur unie à ta prudence ,
   Pourra bien donner à la France
Des jours aussi beaux que nos jours.

   Mais pourquoy t'abuser ? quand les Guerres futures
Rameneroient pour toy ces grandes avantures
   Qui de l'oubly sauvent les noms.
   On ne reverra plus ensemble
   Les circonstances que rassemble ,
En faveur de LOUIS , la Conqueste de Mons.
Cherche à suivre pourtant l'exemple qu'il te donne.
Si l'immortel Laurier dont son front se couronne
   N'est reservé que pour luy seul.
Tu dois te consoler dans l'agreable attente

D'une gloire affez éclatante,
Tu peux, fans être égal à ton augufte Ayeul,
Paffer tous les Heros que l'Antiquité vante.

Tu t'offences, Prince charmant;
Mais écoute un peu moins ta fierté naturelle,
Et pour voir fur ce rare & grand évenement
Si je parle plus jufte qu'elle,
Quitte les Jeux, les Ris, où ton âge t'appelle;
Entre avec moy pour un moment
Dans tout ce que renferme une action fi belle.
Voy cet amas prodigieux
De Bombes, de Canons, images de la Foudre
Qui jadis reduifit en poudre
Les Titans trop ambitieux.
Dans le même temps confidere
Ce Camp où l'abondance accompagne les pas
D'un monde de vaillants Soldats;
Peu femblable à ces Camps qu'une affreufe mifere
Dépeuple autant que les Combats.

A 4

Avec tant de secret, d'Activité, d'Adresse,
Un si grand dessein s'est conduit,
Que la Nimphe qui vole & qui parle sans cesse,
N'en a pû repandre le bruit.
Utile & glorieux ouvrage
De ce Ministre habile, infatigable & sage,
Que le plus grand des Rois de sa main a formé.
Que ny difficulté, ny travail ne rebute,
Et qui, soit qu'il conseille, ou soit qu'il execute,
De l'esprit de LOUIS est toûjours animé.

Sur ces préludes de Victoire
C'est assez arrêter tes yeux,
Regarde naître en d'autres lieux
D'autres occasions de gloire.
Voy l'orgueilleux Nassau, ce fameux Criminel,
A la Paix obstacle éternel,
Quitter ces sables blancs que la Mer envelope.
Voy cet Usurpateur à travers les hazards
Toucher à d'autres bords, & de toute l'Europe
Attirer sur luy les regards.

Dans ces vaftes Marais où jadis fes Anceftres
    Ouvrirent la porte aux Erreurs,
Quand d'un Peuple infidelle armé contre fes Maîtres
    Ils animerent les fureurs.
Il fe voit une Cour nombreufe, magnifique,
    De Guerriers & de Souverains,
    Victimes de fa politique.
    Il voit ces fiers Republicains
    Mettre leur fort entre fes mains,
Souffrir qu'il leur impofe un Joug pefant & rude,
Et d'un peuple ennemy de toute fervitude
N'eftre plus aujourd'huy que les Fantômes vains.

    Tandis qu'à longs traits il s'enyvre
De l'encens qu'il reçoit, des honneurs qu'on luy rend,
LOUIS, que la Victoire eft engagée à fuivre,
    Marche, attaque Mons, & le prend.
Il femble que Naßau, de diverfes Provinces
N'ait pris foin d'affembler ce grand nombre de Princes
    Q'il avoit flattez, éblouïs,
Par l'agreable efpoir d'une vangeance prompte;
        A iij

Que pour voir de plus prés sa honte,
Et le Triomphe de LOUIS.

Qu'il est beau ce triomphe! & quelle vigilance,
Quelle Valeur, quelle puissance,
D'un coup d'œil fait-il découvrir!
Mais combien coûte-t-il d'alarmes!
Helas! est-ce aux Rois à s'offrir
Au capricieux sort des armes?
Et quand LOUIS trouvoit des charmes
Aux dangers où sans cesse on le voyoit courir,
Songeoit-il qu'on payoit par des torrens de larmes
La gloire qu'en Soldat il venoit d'acquerir?

Songeoit-il que déja ce dangereux exemple,
A seduit le Heros à qui tu dois le jour?
Par quels perils à Philisbourg
Grava-t-il son nom dans le Temple
Où la Gloire fait son sejour!
Mais à quoy sert-il de s'en plaindre?
Toy-mesme pour te faire un nom aussi fameux,

Quelque jour pour toy feras craindre
Ce qu'on craint aujourd'huy pour eux.

La valeur chez les Rois devroit toûjours se taire.
Former de glorieux projets
Eſt ce qu'ils doivent ſçavoir faire.
L'honneur d'executer appartient aux Sujets.
Ce n'eſt point une loy trop dure
De s'offrir pour ſon Prince aux plus terribles coups.
Non, dans quelque intereſt que mette la nature,
D'un ſort ſi brillant & ſi doux.
Jamais un grand cœur ne murmure.
Helas ! qui peut le ſçavoir mieux ?
Le ſang d'un Fils, l'objet de toute ma tendreſſe,
Et qu'à ce Roy vangeur des querelles des Cieux,
Mon zele a conſacré dés ſa tendre jeuneſſe,
Ne vient-il pas pour luy de couler à ſes yeux ?

Jeune Prince, l'eſpoir de ce puiſſant Empire.
De Nice aſſervie à nos loix
Et de tant d'autres grands Exploits

Que j'aurois de chofes à dire !

Mais la voix me manque, & mes doigts

Ne fçauroient plus tirer aucuns fons de la Lyre,

Qu'Apollon favorable au zele qui m'infpire,

Pour celebrer LOUIS, *me preftant de fois.*

BIBLIOTHEQUE ROYALE

BIBLIOTHEQUE NATIONALE DE FRANCE

3 7531 00185059 4